Mi primer libro de patrones
Control del lápiz

Con actividades ilustradas para colorear

Este libro pertenece a:

Wonder House

Líneas de pie

Traza las líneas punteadas de arriba abajo.

Líneas durmientes

Traza las líneas punteadas de izquierda a derecha.

En busca del alimento

El sendero del perro

Ayuda al perro a llegar a su hogar dibujando una línea dentro del sendero que ves abajo.

Líneas inclinadas

Traza las líneas punteadas sobre las ramas.

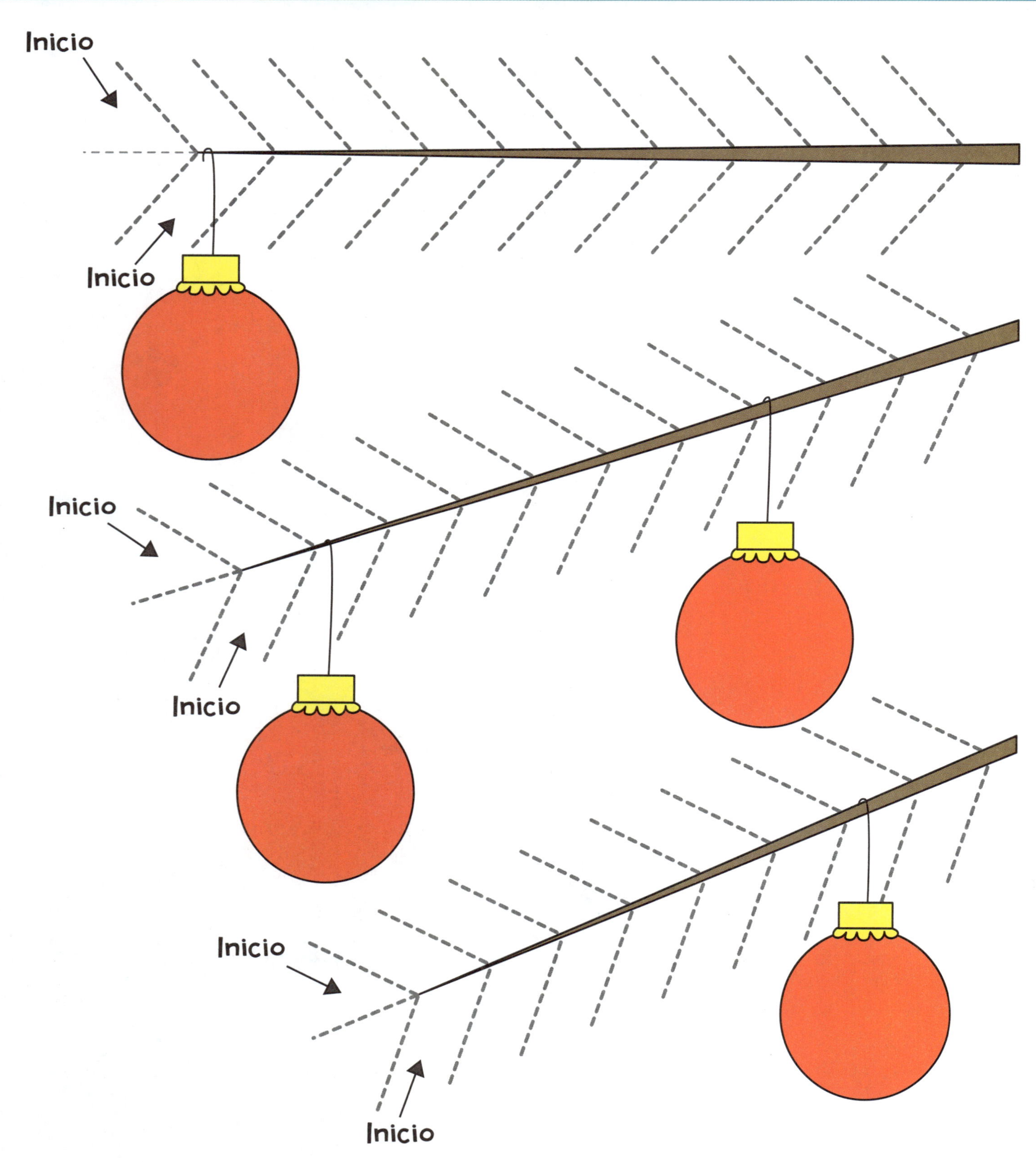

Líneas en zig-zag

Traza las líneas punteadas en la espalda de los cocodrilos.

Camino a casa

Traza las líneas que conectan los animales
con su hogar.

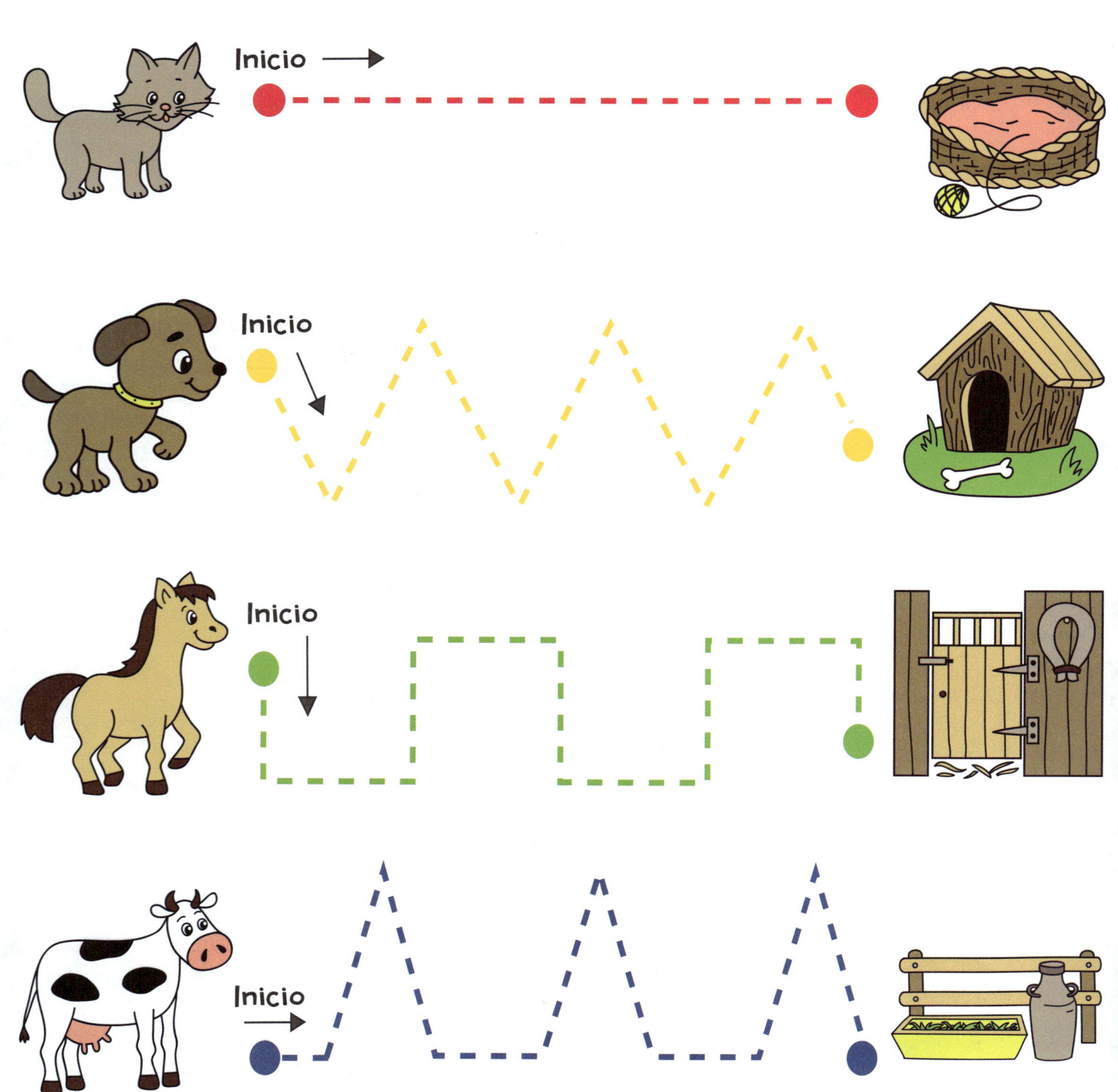

Amigos para siempre

Ayuda a que los amigos se encuentren siguiendo las líneas punteadas.

Líneas curvas

Ayuda a los barcos a alcanzar su faro trazando las líneas arriba y abajo.

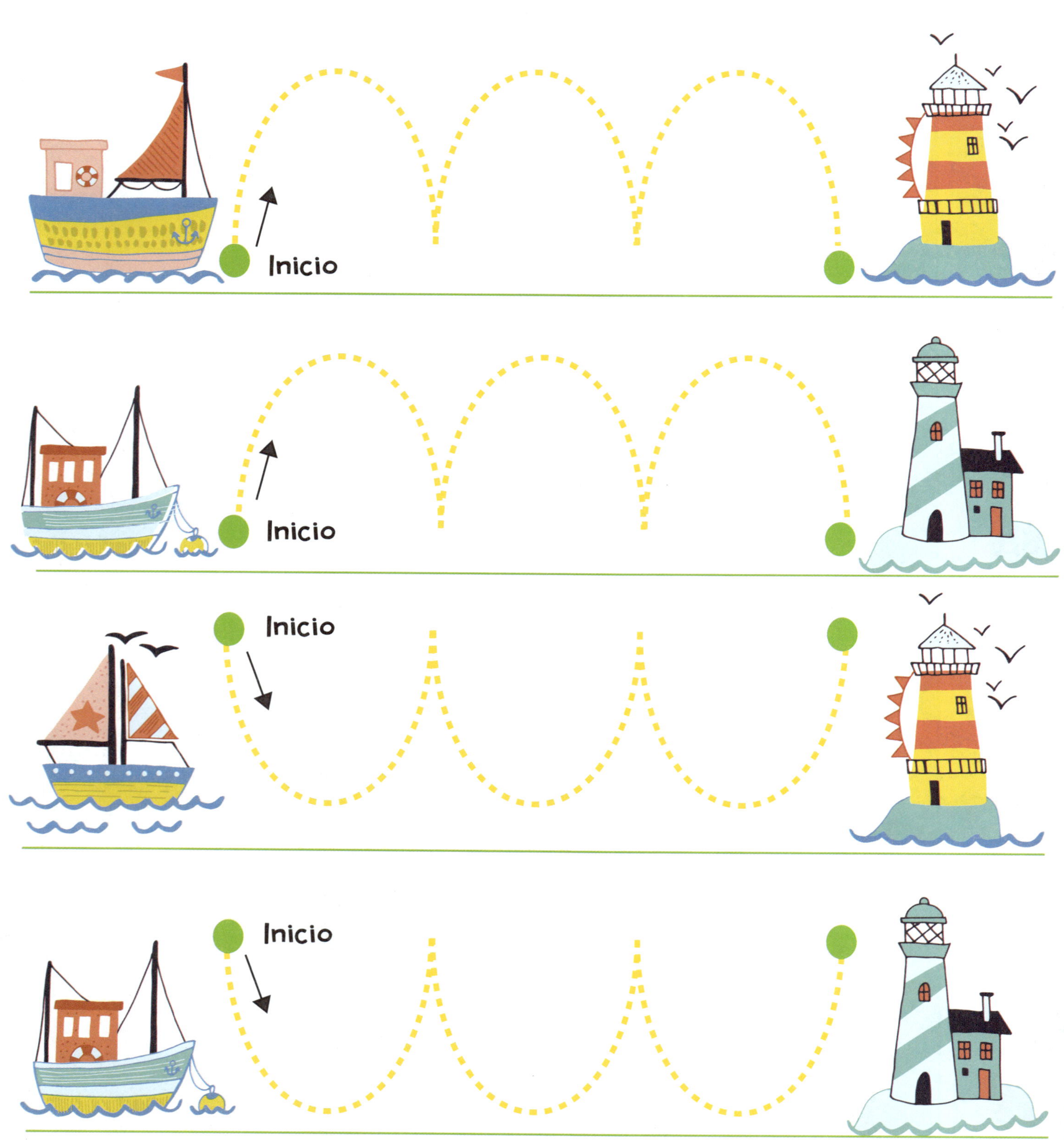

Líneas onduladas

Traza las líneas onduladas para emparejar los animales.

Barco naviero

Traza las líneas punteadas del barco para completar la imagen y coloréala.

Líneas curvas

Traza las líneas punteadas para completar los tentáculos de los pulpos.

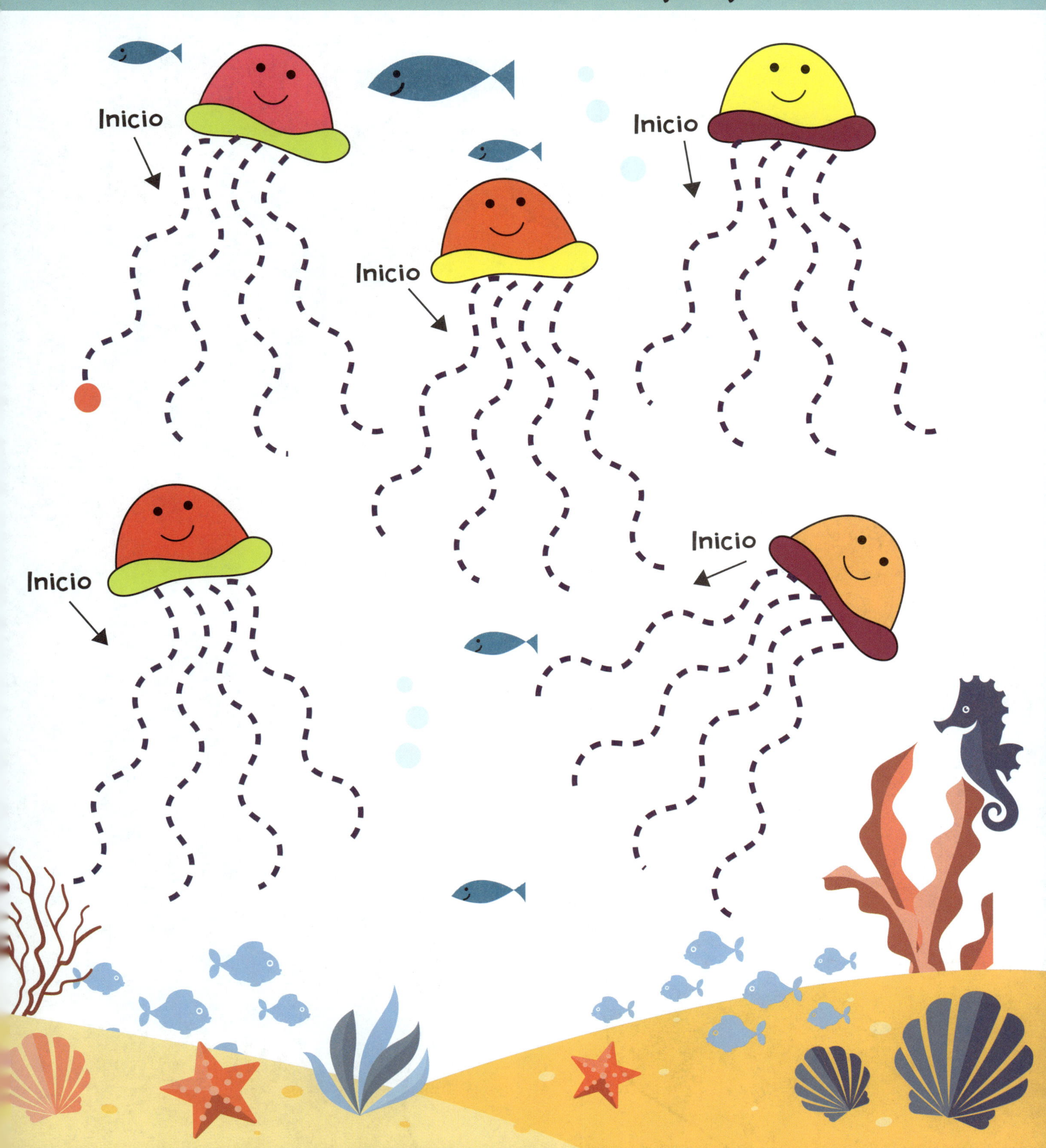

Mi casa

Une los puntos del 1 al 10 para completar la casa y coloréala.

Sendero de ski

Traza el sendero tomado por el turista en el pico de nieve.

Follaje de otoño

Traza el sendero de las hojas y las bellotas al caer.

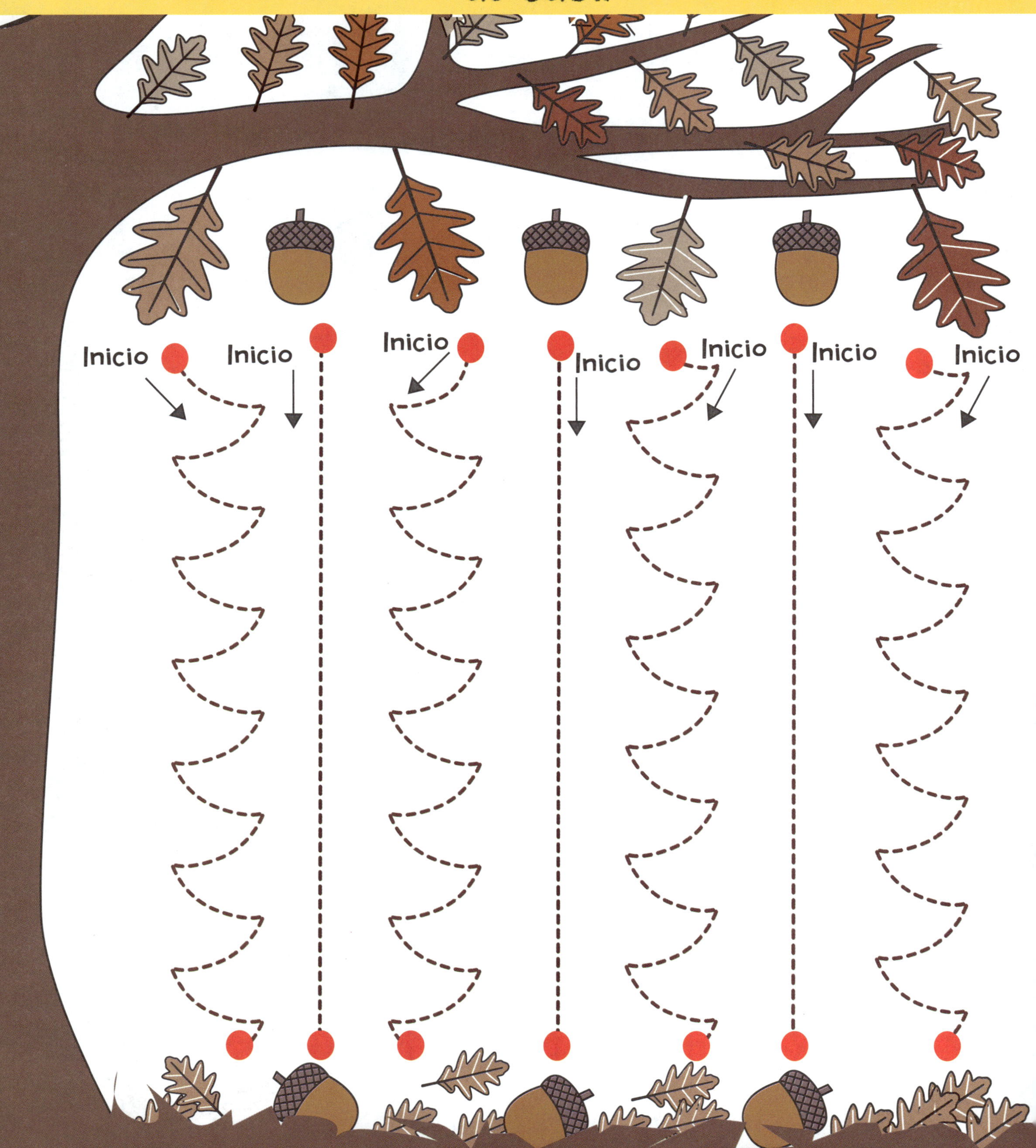

Día soleado

Traza las líneas punteadas para completar los rayos del sol.

Líneas y vehículos

Traza las líneas para emparejar los vehículos.

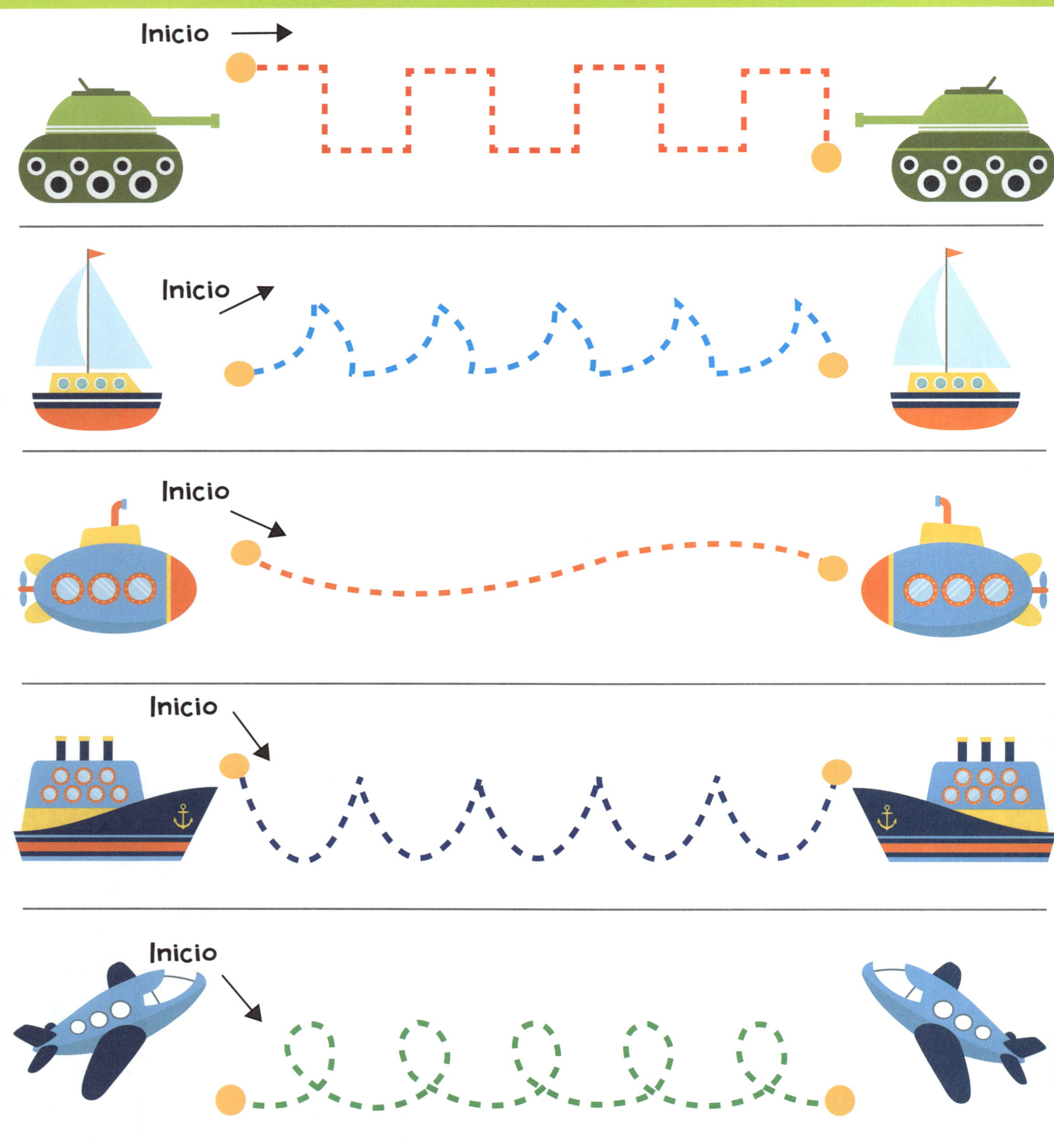

Abejas trabajadoras

Traza las líneas y ayuda a las abejas a llegar a las flores.

Patrones en espiral

Traza las líneas en espiral y completa los caparazones de los caracoles.

Dulce de caramelo

Traza las líneas en espiral y colorea los dulces de caramelo.

Tulipanes florecientes

Traza las líneas en espiral y colorea los tulipanes.

Une los puntos

Une los puntos para completar la mariposa y coloréala.

Orugas

Traza los círculos para completar las orugas y coloréalas.

Mariquitas

Traza los círculos para completar las mariquitas y coloréalas.

Casa y ventanas

Traza las ventanas cuadradas y completa la casa.

Un tren colorido

Traza las líneas punteadas y completa el tren.

Estrellas

Traza las lineas punteadas para completar las
estrellas y coloréalas.

Pinos

Traza las lineas punteadas para completar los pinos y coloréalos.

Figuras básicas

Traza las lineas punteadas para completar las figuras y coloréalas.

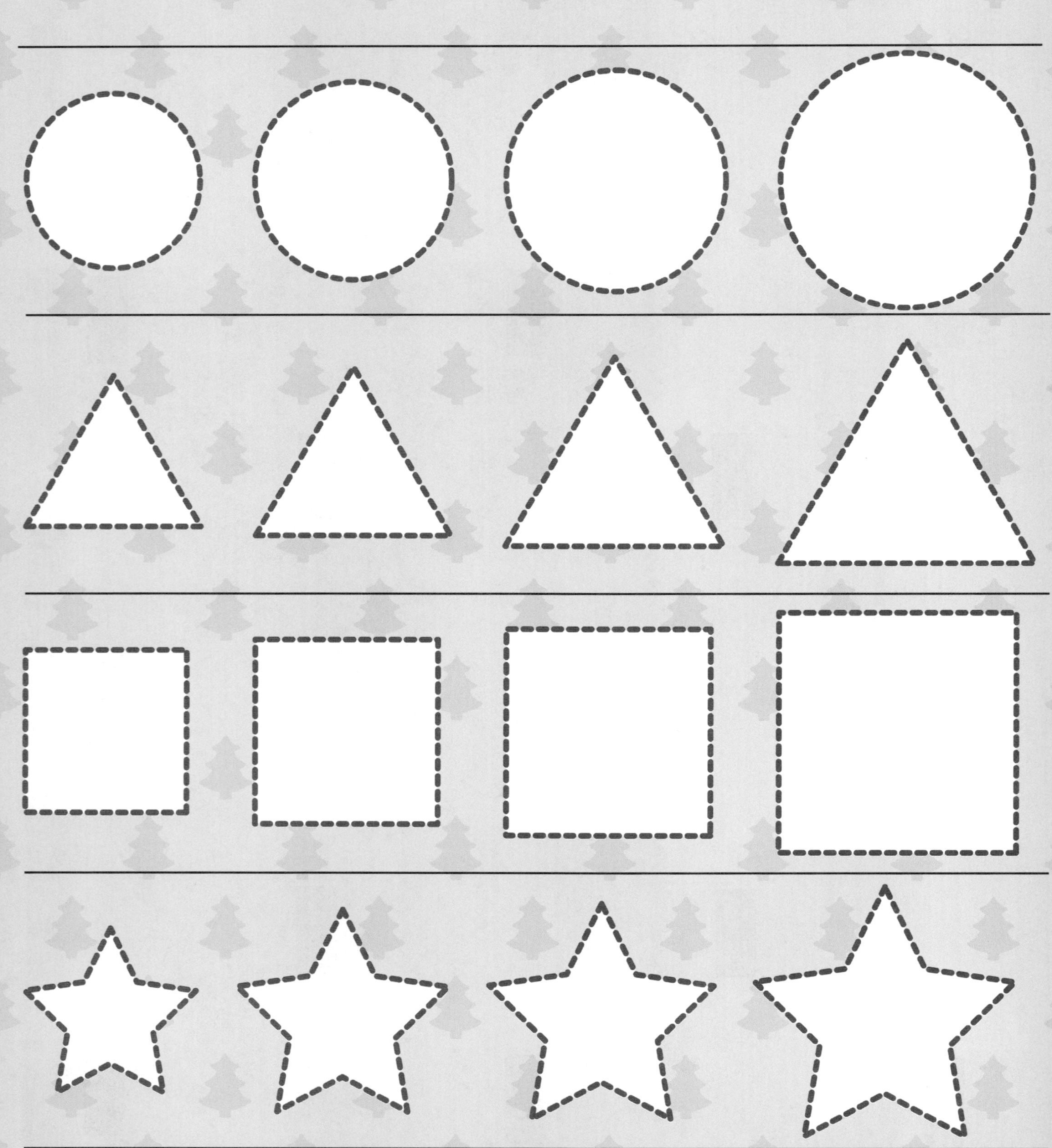

Halloween

Traza las líneas punteadas para completar las calabazas de Halloween y coloréalas.

Parque de mariposas

Traza las líneas punteadas para completar las mariposas y coloréalas.

Estanque de peces

Traza las líneas punteadas para completar los peces y coloréalos.

Magia del chef

Traza las líneas punteadas y completa el patrón.

Rastro de humo

Traza las lineas punteadas y completa el patrón.

El baño del elefante

Traza las líneas punteadas y ayuda al elefante a darse un baño.

Telaraña

Traza las lineas punteadas y completa
la telaraña.

Los colores del arco iris

Traza las lineas punteadas para completar el arco iris y las gotas.

Faro

Traza las líneas punteadas para completar el patrón.

¡Feliz Navidad!

Traza las lineas punteadas para completar el patrón del calcetín y coloréalo.

Árbol de Navidad

Traza las lineas punteadas del árbol y coloréalo.

Tarta de cumpleaños

Traza las líneas punteadas para completar las velas y colorea la rica tarta.

Un helado delicioso

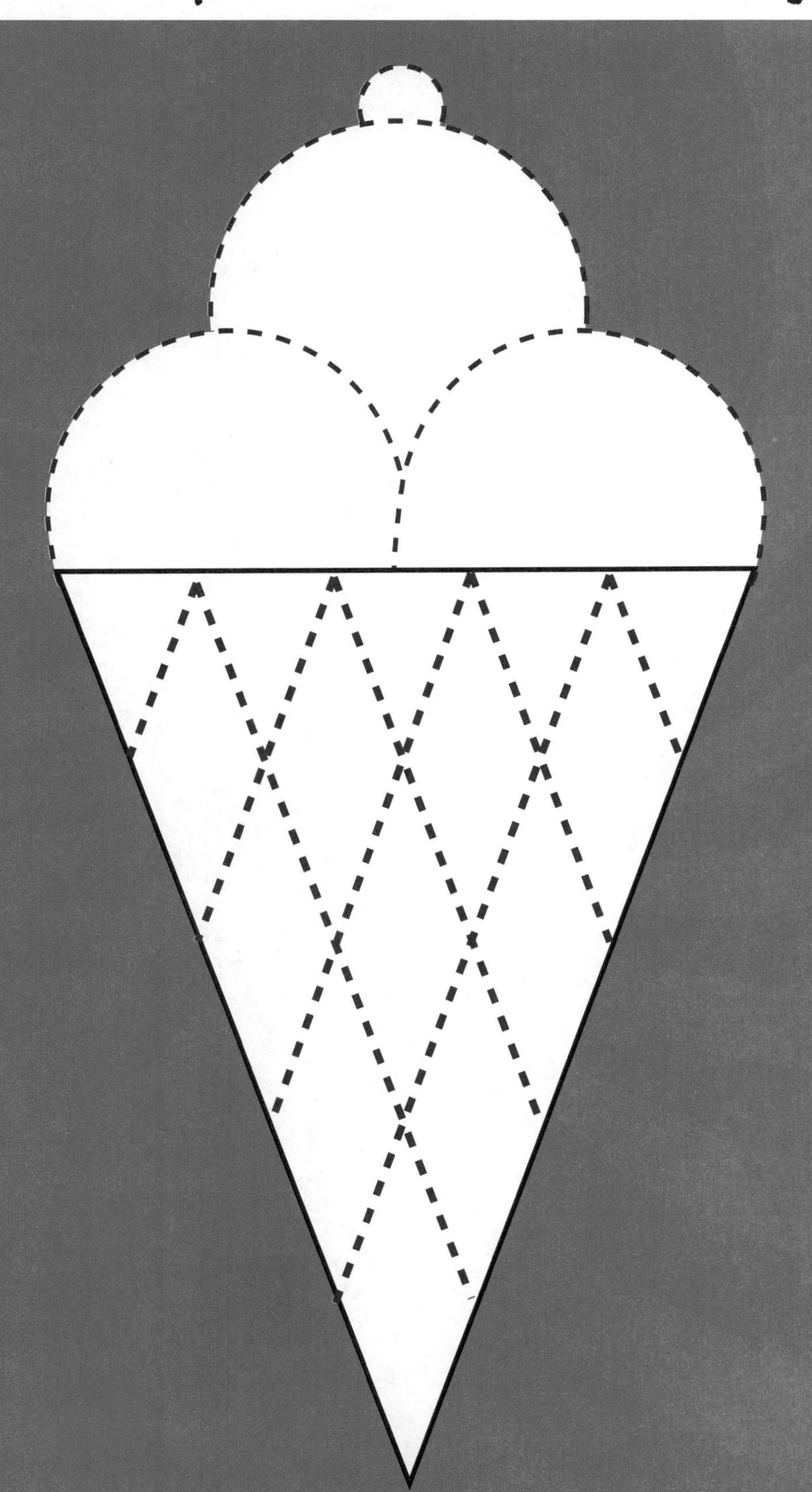

Trabajadores de emergencia

Traza las líneas punteadas y ayuda a los trabajadores de emergencia a llegar a sus vehículos.

Compañeros de viaje

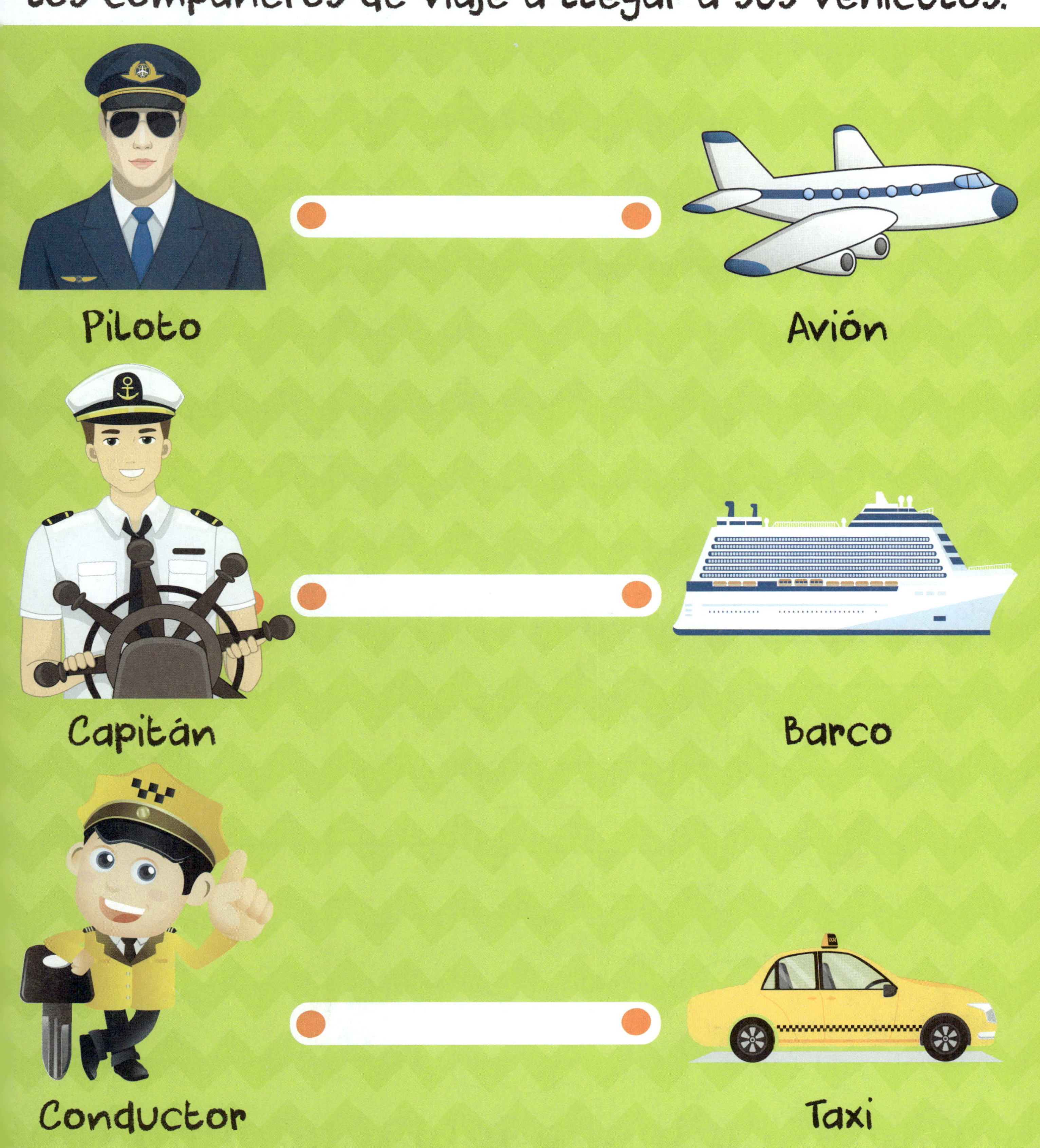

Carrera de globos

Traza las líneas punteadas en los globos y completa la imagen.

Cuerdas de globos

Traza las cuerdas de los globos y completa la imagen.

Camino sinuoso

Ayuda al pirata a encontrar el tesoro trazando el camino correcto.